AF598960

Profession ? Râleur

Claude Portenseigne

Profession ? Râleur

Roman

LE LYS BLEU
ÉDITIONS

ISBN : 979-10-422-1673-3

Les Français sont ainsi, ils râlent !
Votre portrait vu par un congénère,
Vous allez être comblé.

Dans notre Midi, si vous êtes côté Provence, on le nomme Réboussaïre, si vous êtes côté Languedoc-Roussillon, Réboussier.

C'est pareil, ils râlent !

Il est souvent de mauvaise foi et est rouméguеur, c'est-à-dire, rouspéteur.

Pourquoi ai-je choisi de regarder la France par une fenêtre de notre midi ?

Parce que cette région allie fanfaronnade et joie de vivre.

Je souhaite qu'ensemble nous nous amusions et que la dérision soit notre support.

Avant toute chose, je vous préviens, nous allons regarder ensemble vos travers, mes manies, et nous en ferons l'inventaire.

Vous n'êtes pas parfait, je suis souvent de parti pris, je le sais, et cela m'amuse.

En premier, je vous offre une carte de râleur que vous remplirez comme bon vous semble.

Carte de Râleur

N°………

Nom :……………………………………………..

Prénom :…………………………………………

Adresse……………………………………………..

Date de naissance :.. /.. /…..

Profession : Râleur (remplissage automatique)

Date :.. /.. /…. **Signature**

Passons en revue les types de râleurs.
Quelle catégorie vous correspond le mieux ?
Vous pouvez en choisir plusieurs :

- Le râleur timide
- Le râleur silencieux
- Le râleur bougon
- Le râleur gueulard
- Le râleur tempétueux
- Le râleur qui ouvre sa fenêtre pour mieux crier
- Le râleur injurieux
- Le râleur maladif
- Le râleur syndicaliste

- Le râleur qui râle parce qu'il faut gueuler

- Le râleur qui râle parce que les autres ne râlent pas assez

- Le râleur qui râle après l'administration fiscale !!!! Et il y a de quoi !

Enfin, il y a vous !

Oui, vous.

Pourquoi n'avez-vous pas râlé lorsque cette bonne femme, au volant sur la file de gauche, circulant à 30 km/h, s'est brusquement décidée à passer sur la file de droite pour se stationner devant la boulangerie ?

Eh oui, je vois tout.

En voiture, comme beaucoup de mes congénères, je râle contre les limitations de vitesse injustifiées.

Une nationale, une belle ligne droite, limitation à 70 km/h, il y a trois maisons, ce n'est ni un bourg ni un village.

Il doit y avoir des ingénieurs à la DDE (Direction Départementale de l'Équipement), qui doivent être commissionnés au nombre de panneaux installés.

De même pour la prolifération des ronds-points. Je soupçonne Michelin de commissionner les créateurs de ces obstacles à la circulation, afin de renflouer ses caisses.

Les maires de certaines petites communes souhaitent « leurs ronds-points », ils sont si petits que les poids lourds sont obligés de passer dessus.

Mon ami Antoine, Marseillais de souche, arrive un jour au bistrot où quelques amis se retrouvent, il est fort en colère.

Je viens de bousiller un pneu dans le village de Cudillan ! Figurez-vous que pour ralentir la circulation, ils ont installé une voie rétrécie, tellement rétrécie que j'ai touché le trottoir avec mon camion et heurté la jardinière en béton ! Coût, un pneu et un peu de carrosserie.

Des imbéciles, ces ingénieurs, ils ne sont pas capables de calculer la trajectoire d'un poids lourd !

— La même aventure que toi, à Cuges, ils ralentissent en diminuant les voies de circulation, dit un autre.

Et vous ?

Ça vous laisse froid, ces limitations de vitesse injustifiées, telles celles rencontrées sur l'autoroute avec rétrécissement de voie sur 10 km, sans aucun chantier ?

Je veux vous entendre râler !

De surcroît, pour bien vous agacer, un préfet, sur les conseils d'un ingénieur de la DDE (toujours les mêmes), a installé une zone de contrôle de vitesse !

D. D. E !!!

Je râle toujours contre cette administration qui ne prévoit pas les chutes de neige et qui découvre le matin une situation d'urgence.

Le temps de chauffer les camions, de charger le sel et de terminer leur petit café ; ils sont prêts à midi !

Les prévisionnistes de la météo avaient pourtant fait leur boulot.

Vous pensez, il est de mauvaise foi, il leur en veut.

Que nenni, je cite un exemple, un 22 décembre, en Alsace, nous sommes en motor-home sur un parking.

Vers 2 heures du matin le regarde à l'extérieur et je vois une couche de neige d'environ 5 cm qui le recouvre en contrebas où nous sommes stationnés.

Pour éviter de chaîner le lendemain matin, je déménage.

Aucun véhicule de déneigement à l'horizon sur cette route nationale.

Nous décidons de passer le Rhin, la température descend de -2° à -7°.

Le vent est fort et la neige nous arrive à l'horizontale, la couche dépasse largement les 5 cm.

Il est 4 heures du matin et toujours aucun gyrophare jaune à l'horizon.

Comme par miracle, de l'autre côté du Rhin, plus de neige sur la chaussée malgré la chute abondante, pas de verglas et des camions qui roulent normalement sur l'autoroute Bâle-Francfort.

Comment font-ils ces techniciens des routes allemandes ?

Ils écoutent la radio, ils travaillent et prévoient de saler les chaussées avant la perturbation.

Ils ont toujours eu une longueur d'avance sur nous, rappelez-vous en 40.

La neige (Suite)

Vous vous souvenez des 11 cm de neige tombée l'hiver dernier sur Paris.

Notre capitale bloquée par des milliers de véhicules immobilisés, ou patinant sur la chaussée.

Rappelons la chronologie des faits.

Nous avions une alerte météorologique orange depuis tôt le matin.

À midi la circulation se détériore, mais c'est l'heure de la pause déjeuner !

Croyez-vous que les dirigeants de la DDE, assis devant leur bœuf mironton, ont eu l'idée de faire partir les saleuses pour préparer le terrain afin que la neige prévue pour 15 h soit accueillie par un mélange de sel et de sable ?

Non, on termine son café, on fume sa cigarette et on verra plus tard.

À 16 h, on s'aperçoit que la neige envahit la chaussée et que la circulation devient difficile.

Il se pose un dilemme, dans deux heures, l'équipe de jour a fini sa vacation, on ne peut décemment pas les envoyer sur la route, c'est un coup à se mettre une grève sur le dos, très mauvais pour l'avancement.

On va attendre 18 h que la nouvelle équipe arrive pour envoyer la cavalerie.

Seulement voilà, c'était sans compter que les Parisiens prévoyants quitteraient leur travail plus tôt !

Les sableuses sont immobilisées au milieu de la circulation, elle-même bloquée. C'est la cata !

Sur les ondes, notre ministre minimise la situation, ce n'est pas la catastrophe, ce n'est juste que quelques complications.

Lui ne passera pas sa nuit dans la voiture.

Le lendemain matin, en se réveillant, il a une idée de génie.

On va interdire aux voitures de circuler !!!

Seulement voilà, nous avons 30 000 voitures dehors, bloquées sur les routes, depuis la veille au soir. Cette mesure ne servira à rien.

Il aurait été préférable de prendre cette décision la veille. Non ?

Le sentiment de la population se retrouve dans l'interview de cette femme sur Europe N° 1.

« En Pologne nous avions 30 cm de neige, nous circulions normalement, 3 cm de neige et la France est bloquée. »

Conclusion, il faut interdire le bœuf mironton aux chefs de service de la DDE les jours de menace de neige.

Qu'en pensez-vous ?

Vous allez me dire, oui, mais l'été…

L'été, le goudron fond par forte chaleur, il colle aux pneus des voitures, ça fait des pneus rechapés !

On n'est jamais content.

J'ai exprimé notre mécontentement à propos des contrôles de vitesse, ils ont participé à la réduction du nombre de morts sur les routes, je suis d'accord.

Je regrette simplement que les limitations de vitesse ne correspondent pas au désir des citoyens.

Les lobbies… (Ah, les lobbies !)

Ils ont ajouté, aux restrictions imposées aux conducteurs, des contrôles d'alcoolémie qui, s'ils se révèlent utiles dans certains cas, sont restrictifs pour les gens qui souhaitent dîner au restaurant. Un citadin n'a aucun problème, il a, à sa disposition des transports en commun. En Province, à moins de priver un convive d'un verre de vin, il est préférable de rester chez soi.

Les lobbies en tous genres m'agacent.

Il y a ceux :

- Qui sont contre les voitures et qui souhaitent nous voir tous rouler à vélo dans les villes.

- Qui souhaitent nous voir tous utiliser les transports en commun.

- Qui, il faut le dire, ne souhaitent que contrarier les automobilistes.

À croire qu'ils haïssent le monde entier, parce qu'ils n'ont pas de véhicules !

Je leur dis qu'ils marchent et nous foutent la paix.

Les écolos, pour des questions de pollution et d'augmentation du prix des carburants, incitent les citoyens à abandonner leur voiture pour la bicyclette.

Ils ont raison, si vous abandonnez vos véhicules, vos petits poumons s'en porteront mieux.

Vos mollets seront prêts pour les vacances.

Votre teint bronzé fera envie.

Conclusion, grâce à cette augmentation du prix du pétrole, vous allez améliorer votre condition physique.

Hi, hi.....

Il y a des lobbies qui souhaitent nous faire mieux consommer.

Attention, l'abus d'alcool est néfaste pour la santé.

Attention, le gras est néfaste pour votre système cardio-vasculaire.

Attention, trop de sucre fait grossir.

Attention...........

Attention..........

On en a marre ! Arrêtez de nous prendre pour des débiles.

Comme tout le monde, je râle contre le gâchis de la nourriture détruite pour garder les cours au plus haut.

Alors que des populations meurent de faim.

Râlez, vous aussi, faites savoir votre mécontentement.

Comme tout Français normalement constitué, je suis un râleur. Je suis persuadé de ne pas être le seul.

Vous vous dites, il exagère.

Je vous demande, que pensez-vous :

- Des petits vieux en voiture sans permis qui monopolisent la chaussée ?
- Du touriste qui se balade en voiture alors que vous êtes pressé ?
- De ces mecs qui, au feu rouge, sous prétexte de nettoyer votre pare-brise, dégueulassent votre carrosserie avec leurs Jeans pourris ?
- De tous ces gens qui comme vous se lèvent tôt et créent l'embouteillage où vous êtes bloqué ?
- De ceux qui se foutent en grève le jour du départ en vacances et bloquent les trains ?
- De ces gens qui hurlent au téléphone dans les transports en commun ?

Vous voyez, nous avons des points communs.

En revanche, moi, je râle en plus :

- Contre celui qui a jeté son chewing-gum que je viens de coller sous ma semelle.

- Parce que je trouve de moins en moins de fromages affinés au lait cru.

- Contre le nombre de kilomètres que je me farcis à pied entre le parking et la passerelle de l'avion.

- Contre les aéroports que l'on construit de plus en plus loin, ce qui oblige à un trajet d'une heure et demie pour prendre un avion qui vous dépose en trente minutes de l'autre côté de la manche !

- Contre le type qui fait le plein de son véhicule et qui, au moment de payer, cherche sa carte bleue. Il fouille toutes ses poches, ne la trouve pas, pendant ce temps tu attends !

- Évidemment, ce gars a renversé plein de gazole et comme tu as marché dedans, ta voiture va puer pendant plusieurs jours.

Et toi, tu es serein !!! Moi, dans ces cas-là, je gueule.

Le râleur qui ouvre sa fenêtre pour râler !

Comme tout le monde, je rêve d'une vie en rose, où les gens se croisent et sourient.

Une vie où tout le monde est HEUREUX.

Être réveillé le matin, par une petite musique qui t'accompagne sous la douche.

Le matin, la boulangère te sourit en te tendant le croissant, au lieu du sévère : « Et vous, qu'est-ce que ce sera ? »

Dans le métro, pour les Parisiens, l'impersonnelle machine ouvreuse de portillon, est remplacée par une gentille brunette souriante qui te dit bonjour en contrôlant ton ticket.

Ton patron avec un grand sourire qui t'offre le café a ton arrivée.

Le flic du coin de la rue t'invite à prendre une place de stationnement libre, il te donne le ticket aimablement en te disant : « Profitez-en, la première heure est gratuite. »

Le facteur qui n'apporte que de bonnes nouvelles.

Des fonctionnaires souriants et aimables.

Des chiens et des maîtres bien élevés qui ne laissent rien sur les trottoirs.

Le soir, de retour du bureau, une femme qui t'accueille souriante, autrement qu'avec un « n'oublie pas tes chaussons » en guise de bonjour.

Mais rien ne se passe comme ça !

Alors, que fais-je ?

Et puis, non, faites-le à ma place.

— **Eh oui, malgré tout je suis satisfait !**

Pourquoi ?

- Parce que la connasse qui m'a mis un ticket sur le pare-brise cet après-midi, lorsqu'elle rentrera chez elle, trouvera son ivrogne de mari, allongé sur le canapé en train de regarder le match de foot.

- Qu'elle devra ranger le bordel que son gosse à fout dans la cuisine.

- Parce que le lendemain de la tempête de neige, les gars de la DDE vont devoir se lever tôt, surveillé par un Préfet qui n'a pas apprécié de passer sa nuit dans la voiture à se geler les bonbons.

- Parce que le magnifique rond-point fleuri, dessiné par un jardinier à la solde de la DDE du coin, vient d'être pulvérisé par un chauffeur d'un 30 tonnes inattentif.

Qu'est-ce qu'il foutait là ce rond-point !

- Parce que les grévistes qui m'empêchent d'aller travailler se gèlent les pieds devant les grilles.

- Parce que le type qui promène son toutou devant moi vient de glisser dans un reliquat canin.

- Parce que les Français qui achètent leur baguette fraîche et chaude à midi et en mangent le trognon se feront engueuler par bobonne.

- Parce que ce prétentieux avec sa belle auto, qui vient de me doubler s'est fait flasher 100 mètres plus loin.

- Parce que ce rigolo de flic qui vient de l'épingler devra en rentrant au garage nettoyer sa belle moto pendant une heure pour que brillent les chromes lors de l'inspection du lendemain matin.

- Parce qu'il y a 6 millions de Français, assez débiles pour donner 2 € par semaine au loto.

- Parce que Météo-France se trompe de moins en moins.

- **Enfin, parce que je suis Français et que j'ai le droit de râler.**

J'en ai assez de ce monde où tout va de travers.

Té, je vais voir mon ami Adrien qui tient un bar sur le port de Cassis, je vais aller boire un pastaga.

— Ho, Adrien !

— Oh ! … L'écrivain ! Comment vas-tu ?

— Tu es venu passer quelques jours chez Pascaline ?

— Je suis venu m'aérer un peu dans notre midi. Pendant que tu y es, tu ne me servirais pas un pastis ?

— Assieds-toi un peu, ce ne sont pas les touristes qui t'encombrent en cette saison.

— Qu'est-ce que tu fais en ce moment ?

— Comme tu le disais tout à l'heure, je suis écrivain, alors j'écris un livre.

— Ah ! Et tu parles de quoi dans ce livre ?

— Des Rébroussaïres.

— Oh, pétard ! Tu vas avoir du travail.

— Et toi, tu n'as pas des raisons de rouméguer ?

— Pécaïre ! La mairie, par exemple…

— Stop, je t'arrête, je ne veux pas d'histoires avec les politiques.

— Bon, si je te parle des éboueurs ?

— Là, je t'écoute.

— Dis-moi pourquoi ces empaffés attendent le mois de juin pour se mettre en grève.

— Je ne sais pas.

— Pour demander une augmentation. Tu comprends, la saison arrive, ils savent que nous souhaitons accueillir les touristes dans des villages propres. Alors, ils se mettent en grève pour nous embêter.

— **Là je roumègue, tu es content ?**

Il me faut vous conter une histoire qui me réjouit

Une association a créé la fête de l'amitié, une journée par an où chacun dit aux autres :

— Passez, très cher.

— Non, je n'en ferai rien.

— Mais si, je vous en prie…

Le lendemain matin, devant les portes du train qui les amène au boulot, les mêmes se bousculent et se traitent de noms d'oiseaux.

Pourquoi est-ce que je me réjouis ?

Parce que, une fois par an, mes concitoyens deviennent aimables.

Je ne parle pas pour vous, je suis certain que vous êtes foncièrement aimable, enfin, presque.

La religion

Chacun est libre de croire ce qu'il veut, nous sommes en République.

Faisons simple, afin que les théologiens ou autres spécialistes puissent comprendre et réagir.

Lors de la civilisation grecque et romaine, chacun pouvait choisir son dieu.

C'était comme au supermarché, tu prenais l'un ou l'autre, suivant les besoins. Ils étaient spécialisés.

Moi, j'aime bien ce système, tu choisis en fonction des besoins.

Les humains ont toujours eu besoin de croire en un protecteur, un chef, un dieu, ça les rassure.

Voyez Hitler, Mao, Staline, pourquoi pas Jésus.

Pour l'efficacité de la protection, je préfère le parapluie, tu vois le résultat de suite.

En Palestine, occupée par les Romains, les Juifs avaient hérité d'un buisson ardent, où un berger inculte avait aperçu Jéhovah.

Une religion est née de ce phénomène grâce à l'esprit imaginatif de gens cherchant une légitimité.

Des buissons qui s'enflamment dans le désert par 70° au soleil, le phénomène est courant.

Y voir une divinité peut dépendre de la drogue ingérée.

La religion juive s'établit et cohabite avec les Romains jusqu'au moment où, un certain Jésus vient prêcher une religion bâtie sur le partage des richesses vers les plus pauvres.

Les Pharisiens voient d'un mauvais œil ce perturbateur, cet anarchiste.

Ils lui font un procès et s'en débarrassent en le crucifiant.

Jésus était le premier communiste de notre ère.

Un des apôtres, Paul reprend à son compte le mouvement.

Sur ses seuls écrits, repose la thèse de la résurrection et il en fait le fils de Dieu venu sur la terre pour sauver les âmes.

Des opportunistes voient un moyen de se faire une situation sur le dos du petit peuple. Ils reprennent les écrits des disciples de ce messie et fondent une religion, qui en soi est un bienfait pour la civilisation.

Ses prêtres dictent des lois qui canalisent les instincts primaires des humains.

Puis d'importance en importance, la religion impose sa loi aux petits comme aux puissants.

Comme disait Lafontaine, « Tout flatteur vit aux dépens de ceux qui l'écoutent ».

Nietzsche a démontré la supercherie des religions monothéistes, le peuple n'y a pas prêté attention. Depuis des millénaires, les croyants prient un Dieu créé de toutes pièces par des apôtres en recherche de reconnaissance.

La foi capable de déplacer des montagnes a construit des cathédrales pour abriter un clergé qui vit confortablement sur le dos du peuple.

D'autres le font également, nos hommes politiques !

La justice

« Elle n'existe plus », me dit Léon de Nice.

— Tu te rends compte, Henriette s'est fait agresser hier soir, cours Saleya !

Un jeune en patinette, après lui avoir donné un coup sur la tête, lui a pris son sac.

Le commissaire lui a dit, ne vous inquiétez pas, vous le retrouverez le sac, quand il aura pris l'argent.

Elle en est toute retournée.

Le citoyen ne reconnaît plus son pays.

Du temps des royautés, il existait une justice expéditive. Lorsqu'un voleur, un agresseur était pris sur le fait, il était jugé sur-le-champ.

Le droit régalien s'est évaporé avec la civilisation.

Le juge, sous différentes et insidieuses pressions, cherche des circonstances atténuantes où il n'y en a pas.

Serait-ce que parce qu'il y a trop de délinquants et pas assez de juges qu'il faut attendre des mois pour que l'agressé, se sente reconnu ?

Il devrait être instauré en France, des juges d'exceptions, pour des circonstances exceptionnelles, qui jugeraient sur flagrant délit.

Le flagrant délit exclut l'erreur judiciaire, tu es pris la main dans le sac, tu paies !

Cela éviterait de garder des gens en « préventives », voire de les retrouver dans la rue parce que le délit est jugé « pas trop grave » !

Il suffirait d'organiser comme pour les pharmaciens des tours de garde relatifs à cette juridiction.

Pour les incivilités, petits délits, point d'emprisonnement, mais un encadrement du matin au soir pour exécuter des travaux d'intérêt général.

La justice compte deux volets :

- Le jugement
- Le carcéral

Parlons un peu de ces conditions d'emprisonnement, qui si elles sont frustrantes, sont, pour certains, confortables.

La prison ne fait plus peur, pour certains, elle est un refuge, donc l'anarchie s'installe peu à peu.

Je tire mon chapeau au personnel carcéral qui n'a pas la tâche facile.

Je ne donnerai aucun conseil sur l'organisation, la chose est complexe, mais je demande que l'on pense aux victimes et que la justice soit équitable.

Ah ! Et les « politiques » !

Ces gens qui aux yeux du petit peuple vivent somptueusement aux frais de ceux qui les élisent.

Soit, ceux qui les élisent sont idiots, ou ils sont manipulés.

A-t-on réellement besoin de 577 députés pour diriger un pays où, toutes les lois fondamentales ont été votées.

Je ne ferai pas le bilan du coût de cette assemblée, je vous laisse l'imaginer.

Le sénat compte également des élus, 346 !

Je ne remets pas en cause le principe des deux chambres, mais pourquoi un écart aussi grand entre les deux chiffres.

Les conseils régionaux, en moyenne 60 conseillers par région, 24 régions, soit 1440 conseillers !

Du temps de Robespierre, le mandat de député n'était pas salarié, me semble-t-il.

Être député était un volontariat et comportait des risques… !

Si l'on imposait ce statut, il y aurait peut-être un peu moins de volontaires.

Nous pourrions exiger la diminution de ces représentations, mais ne faisons pas d'illusions, ils ne se saborderont pas, le gâteau est trop bon.

Qu'en pensez-vous ?

Allez, faites un geste, écrivez à votre député pour qu'il supprime son poste.

Faites comme moi : rouméguez un peu.

La conviction de ces personnages publics est souvent sujette à caution.

Vous en connaissez certainement, de ces hommes publics qui retournent leur veste.

Seule compte leur situation d'élu.

Rouméguez et virez-les.

L'inventaire de nos H&F politiques

AUTIN CLEMENTINE : une allure de bourgeoise qui se veut révolutionnaire, propos acides et sincérité douteuse. Arriviste.

BACHELOT ROSELYNE : Incontournable, de la TV à la Politique.

CIOTTI ERIC : une grenouille qui se prend pour un bœuf.

COPPE JEAN-FRANÇOIS : A raté son coup.

DARMANIN GERALD : Dans les rails de Sarkozy.

DUPONT AIGNAN : Don Quichotte.

DUPONT-MORETTI ERIC : Brillant, qu'est-ce qu'il est venu foutre dans cette galère ?

EMMANUELLI HENRI : A eu son temps, ne décroche toujours pas.

FILLON FRANÇOIS : A trop brillé, s'est fait flinguer.

LARCHER GERARD : Omniprésent au Sénat, surtout au restaurant. S'étouffera avec une arête de brochet.

LEPEN MARINE : Jeanne d'Arc en plus grosse.

Comme « Sœur Anne » ne voit rien venir.

MÉLENCHON JEAN-LUC : Création de l'Apôtre Paul, il se prend pour Jésus, qui fut le premier contestataire contre les Pharisiens.

PECRESSE VALERIE : 92 et 92, encore 92 reste y, pensent à ses opposants.

PHILIPPE ÉDOUARD : Lui aussi pense au fauteuil, à moins que d'autres le pensent pour lui.

ROYAL SEGOLENE : A eu sa chance, aimerait bien l'avoir encore.

SARKOZY NICOLAS : A du mal à décrocher.

VALLS MANUEL : Mange à tous les râteliers, Paella et Bœuf bourguignon.

YADE RAMA : A du caractère, dit ce qu'elle pense, aurait de l'avenir.

ZEMMOUR ÉRIC : Petit de taille, grande gueule, se prend pour le Général.

Et les autres… Désolé, ils sont trop nombreux à vouloir croquer le gâteau.

Ah, des clowns, ils me réjouissent !

N'étant pas de la première jeunesse, j'en ai vu passer de ces gens qui, jeunes, avaient la conviction de leurs idées. Puis arrivés en haut de l'échelle, nourris par leur syndicat, s'installent confortablement dans une bourgeoisie critique.

D'un gueulard clownesque comme Marchais au suivant, le bégayant Krazucki, ils ont égayé ma jeunesse.

Les principales revendications :

- Les salaires
- Le temps de travail
- La pénibilité du travail

Oh ! Garçon (ou jeune fille) je fais attention, ils seraient capables de me traiter de machiste !

Oh ! Les enfants (c'est plus simple), les anciens travaillaient 70 heures par semaine, le travail était plus pénible qu'aujourd'hui, arrêtez de vous plaindre. Vous avez obtenu, grâce à la pression des syndicats (je le reconnais), 48 heures, puis 40 heures et maintenant 35 heures.

Bientôt, on rasera gratis !

Le travail, tout le monde en a besoin, le pays en a besoin pour exister.

Si vous n'aimez pas ça, n'en dégoûtez pas les autres, faites comme José Bové, allez élever des chèvres dans le Larzac, vous deviendrez peut-être député européen.

Sans compter que comme disait Coluche, le « travail », c'est une maladie. La preuve, il y a une médecine du travail !

Magnifique, Coluche.

Les grévistes. Ça ne vous fait rien à vous, à chaque départ en vacances, une catégorie de personnel de la SNCF se met en grève.

Ils prennent en otages des millions de Français, empêchent des familles de partir en vacances

La France est le pays de la grève.

À l'étranger nous avons cette réputation.

Je connais la solution au problème.

Pour en finir avec les grèves, il n'y a qu'à supprimer le travail.

Plus de travail donc plus de travailleurs, plus de gréviste !

Supprimons le monopole de la SNCF, ouvrons le marché à 5 compagnies françaises et étrangères, chacune avec 20 % du marché.

L'infrastructure Rail doit être indépendante des compagnies de transports et l'automatisation doit être maximale.

Nous avons un exemple à Paris des métros totalement automatisés.

Votez pour, faites-le savoir !

Les hyper et supermarchés !

Nous voici au paradis des « Râleurs ».

Je me sens chez moi, j'y trouve toutes les occasions de rouméguer.

De l'entrée, où il faut marcher la largeur du magasin avant de trouver le portillon d'accès, à la sortie où, à toutes les caisses, il y a une file d'attente, je me réjouis.

On s'impatiente, on trépigne, enfin arrive le tour de la personne qui est devant vous.

Pourquoi faut-il que cette bonne femme ait choisi le seul article qui n'a pas d'étiquette ?

Tu vas voir qu'elle a oublié le code de sa carte bleue !

Le mec qui a étudié le circuit du client d'un supermarché, c'est un costaud !

Il vous aura fait passer partout où vous pourriez être tenté et pour sortir vous passer devant les pompes à carburants.

Comme à la caisse, vous faites la queue.

Différents cas se présentent :

- Le conducteur cherche son portefeuille, ne le trouve pas et fait le tour de sa voiture pour fouiller dans sa veste.

- Il s'aperçoit qu'il s'est trompé de carburant, ce qui l'oblige à changer de pompe.

- Évidemment, il a renversé du gazole, vous mettez les pieds dans la flaque, votre voiture est parfumée pour quinze jours !

Halloween !

Qu'en pensez-vous, oui, vous que je n'entends pas.

Fête païenne, qui n'est pas dans nos traditions.

Importée des États-Unis, c'est la fête des cucurbitacées, des agriculteurs qui la cultivent et des marchands de bonbons.

Les masques dont s'affublent nos enfants, sont horribles, des sorcières édentées, des fantômes.

ignobles, est-ce cela que l'on veut inculquer à notre jeunesse ?

Elle repose sur une tradition celte, vieille de centaines d'années.

Laissons les Celtes où ils sont, nous avons le père Noël, bien plus sympathique et jovial.

Je ne comprends pas pourquoi ils nous aiment.

Ce brave père Noël n'est plus réservé aux enfants. À longueur d'année, le gouvernement et les syndicats essaient de faire croire en son existence à la population.

Essayez de faire croire en Halloween aux ouvriers de chez Citroën ou de Renault.

— Père Noël a bon dos.

À grand renfort de communiqués, d'explications diverses, la direction de l'audiovisuel a essayé de faire croire aux Français qu'ils étaient demandeurs de séquences publicitaires, à la radio ou à la télévision.

C'était essayer de nous faire croire au père Noël !

Ils ont réussi.

J'ai subi ces sondages et ces reportages nous expliquant que plus de 50 % des auditeurs étaient favorables aux interruptions de programmes, pour de bonnes publicités !

Aujourd'hui, au milieu d'un film, vous êtes heureux d'apprendre que la lessive « TRUC » lave plus blanc que la lessive « Machin ».

Et vous, qu'en pensez-vous ?

Je vais aux arènes !

— Si jamais un Parisien t'entend, tu es foutu, mon pauvre Bastien.

— Et pourquoi donc ?

Parce qu'ils sont contre les corridas.

Ils sont contre la souffrance animale.

— Boudiou, ils n'ont rien compris !

C'est notre coutume dans le midi, non de faire souffrir les animaux, mais de les combattre. Ce sont des taureaux de combat élevés en pleine nature, mais sauvages.

— Eh oui, c'est la tradition, mais comme ils ne vivent pas ici, ils ne comprennent pas.

— Pourquoi venir nous faire suer ici, qu'ils restent à Paris s'ils ne veulent pas accepter notre manière de vivre ?

Là, tu vois, je roumègue.

L'Administration fiscale.

En descendant la Canebière, je rencontre mon ami Pascal. Il dirige une flottille de pêche qui agit entre Le Golf de Fos et Port-Vendres.

— Oh ! Pascal, que fais-tu à Marseille, tu émigres ?

— Non, je suis venu ici régler une affaire en justice. Viens, asseyons-nous à cette terrasse, que je te raconte.

— Durant huit ans, j'ai rêvé d'assassiner un contrôleur des impôts.

— Oh ! C'est grave ce que tu dis.

— Je ne le ferai pas, car j'ai presque gagné contre elle.

— Elle, l'Administration ?

— Non, elle, celle qui est venue me contrôler.

Elle est arrivée un matin, après avoir été annoncée par une lettre officielle.

Je m'attendais à voir un vieux grincheux.

Il m'arrive une gazelle, charpentée comme dans un rêve, sur des talons aiguilles, un tailleur moulant et un sac Hermès !

La belle bourgeoise qui donne confiance.

Je ne me suis pas méfié.

Elle m'a construit un dossier avec la mauvaise foi d'un inquisiteur espagnol.

Elle a confondu volontairement chiffre d'affaires et bénéfice en oubliant les charges.

Ils s'y sont mis à trois pour me tourmenter.

Il y a cette gonzesse, le type qui a envoyé une lettre anonyme me dénonçant pour fraude fiscale.

Un ancien employé licencié pour faute grave.

Il y a également l'« Araignée » qui suit l'affaire, il est présent à toutes les audiences judiciaires et fait appel de toutes les décisions du tribunal en ma faveur.

— Eh bien, mon pauvre !

— Chaque soir, en me couchant je me vengeais les assassinant les uns après les autres.

Ils m'ont tout saisi, ma maison, mes comptes en banque, l'ensemble de mes bateaux. Il ne me restait rien.

Ces trois personnages m'ont empoisonné la vie durant huit années.

Chaque matin, j'avais la hantise du facteur.

Une fois par semaine, j'avais ou la visite d'un huissier, ou une feuille bleue apportée par le facteur.

Puis vint un autre contrôleur pour achever la bête.

Cette fois je me méfie. Il n'aura pas accès à mon bureau, il ira chez mon comptable.

Je vois tout de suite que c'est un vieux de la vielle.

Il demande à Jean, mon comptable, d'être présent les jours où il vient.

Cette épreuve dure deux semaines.

En définitive, ce monsieur ne constate pas les mêmes erreurs que sa collègue.

— Cette dame, dit-il, vous a contrôlé à charge, de mauvaise foi, c'est à croire qu'elle vous en veut ou a reçu des ordres.

Le rapport qu'il fournit est donc très différent de celui du premier contrôle.

— Vous n'auriez pas intimidé l'enquêteur par hasard ? me dit mon avocat en souriant.

— Tu me connais, je ne suis pas comme ça !

— Non, sur le port, tu as la réputation d'être un ange, dis-je.

Lorsque nous avons reçu l'avis de saisie de notre maison, ma femme était effondrée.

Notre avocat a téléphoné au percepteur, il a négocié pour obtenir un délai.

Nous l'avons obtenu jusqu'au jugement du tribunal administratif.

Il est fort ce mec !

Nous avons été traduits devant la justice au pénal, pour fraude et suspicion d'évasion fiscale.

— Tu t'imagines ? Debout à la barre, comme à la télévision, ma femme et moi avons été cuisinés durant une heure et demie.

Mon avocat a expliqué au tribunal que pour une évasion fiscale, l'Espagne n'était pas le meilleur endroit. Que si l'entreprise avait investi dans ce pays, c'était pour élargir notre activité.

Les règles de pêche ne sont pas aussi draconiennes qu'en France.

Le verdict fut rendu un mois après.

RELAXE !

— « L'araignée » a fait appel, et s'est reparti pour trois mois.

— Tu as dû l'avoir mauvaise.

— Là, j'ai failli commettre l'irréparable.

Je n'en pouvais plus.

Nous nous retrouvons, au Pénal, cuisinés pendant deux heures.

— J'ai expliqué au juge qui nous interrogeait que je n'avais ni château en Espagne ni Yacht à Ibiza. Que mon métier, c'était la mer et qu'en vacances, lorsque je pouvais en prendre, les Yachts ce n'était pas mon rêve.

Je me souviendrai toujours de cette journée, où, convoqué à entendre la sentence, je m'assieds au fond de la salle.

— Tu devais être anxieux.

— Ne m'en parle pas, le premier qui passe est condamné à 2 ans de prison et 30 000 € d'amende !

— Et alors ?

— Les seconds, la femme et le mari, 1 an de prison et une somme équivalente.

Lorsque l'on m'appelle, je me lève les jambes flageolantes. Je me dis, là mon pote, tu vas payer cher.

Je ne comprends pas tout d'abord ce que dit la présidente, tellement ma tête tourne.

Elle lit la sentence et je ne retiens que… RELAXE !

— Vous êtes libre, vous pouvez partir.

Là, je fais demi-tour et pars dans le mauvais sens, la greffière croit que je vais lui serrer la main.

La Présidente me dit : nous vous enverrons le jugement par la poste.

— Tu devais être heureux.

— Pire que cela, je me suis assis sur un banc et j'ai craqué, pleuré nerveusement sur huit années de pression.

— À propos de Pression, tu en reprends une ?

— Volontiers, ça s'arrose.

Je suis là aujourd'hui, car nous sommes passés au tribunal administratif et tu n'imagineras jamais le résultat.

— Dis-moi.

— Le fisc retire sa plainte !

— Eh bien, dis donc, toutes ces tracasseries pour en arriver là ! Tu dois en avoir gros sur la patate.

— Je suis surtout heureux de m'en être sorti. Vois-tu, dans l'affaire, le fisc a travaillé contre l'intérêt du pays. Je ne me suis pas agrandi, je vends mes bateaux, et j'arrête de travailler. Je prends ma retraite.

— Et que vas-tu faire ?

— Tout sauf aller à la pêche.

D'autres s'en sortent moins bien, voyez, où même la délation et la méchanceté de certains agents de l'administration.

Mon ami Pascal se repose, au bord de la mer, du haut de la digue, je lui pose une question.

— Oh ! Pascal, qu'est-ce que tu fais ?

— Je pêche, la dorade me dit-il avec son accent du Midi.

Il a un sourire radieux.

Que voulez-vous, lorsque toute sa vie on a aimé la mer…

En voilà un qui ne roumègue plus.

Mais vous ?

Et les Éoliennes, elles veulent concurrencer le moulin d'Alphonse Daudet ! me dit Pierre des Alpilles.

Tu trouves que ces moulins à vent du XXIe siècle adapté à nos paysages ?

Ces forêts de monstres métalliques rendraient fou ce brave don Quichotte !

Et voici que le mouvement pro-éolien veut installer ces inepties en mer !

En dehors du faible bénéfice de production, de son irrégularité, elles coûtent une fortune et demandent un entretien constant et onéreux.

Puisque les principaux demandeurs et consommateurs d'énergie sont en ville, pourquoi ne pas installer ces moulins à vent sur les lieux de consommation ?

Cela éviterait des frais de transport.

Une éolienne à Montmartre, une éolienne en haut de la tour Eiffel, une éolienne sur la Cathédrale de Charte, une autre à Orléans, etc..

L'écologie

Ne pas confondre avec « les écolos » !

La première est une philosophie, une science.

Les seconds, des « emmerdeurs ».

L'ensemble du monde a consciemment, ou inconsciemment compris que notre manière de vivre doit changer.

Notre civilisation doit son confort aux énergies fossiles, notre industrie leur doit de s'être modernisée. Sans elles, notre technologie serait encore balbutiante.

Le monde a constaté la pollution que l'humain génère.

Les « écolos » qui sont les « extrémistes » de l'écologie affaiblissent l'Europe au bénéfice du tiers monde, qui se moque des conséquences de leur mode de vie.

S'ils voulaient être réellement efficaces, ils devraient aller prêcher leurs théories là-bas, conscients du danger, ils préfèrent brailler, ici !

Avez-vous vu un « écolo » mettre la main à la pâte ? En dehors de quelques manifestations de « nettoyage » de friches, à grand renfort de publicité.

Nous leur devons, sous prétexte de protéger la biodiversité, de ne plus nettoyer, ni les fossés, ni les roubines, ni les caniveaux. Résultat lors de fortes pluies, ces drainages, fort utiles, ne remplissent plus leur office, d'où inondation !

Je leur dois de me sentir coupable chaque matin de tous les actes de ma journée.

D'avance, je sais que je vais contrevenir à un de leurs diktats. Je me sens coupable d'allumer une lampe, d'oser faire cuire un œuf, à chaque fois j'imagine les kilos de CO2 dont je suis coupable !

RAS LE BOL !!!

Ils ont réussi à lancer une idée farfelue que de nombreux hommes politiques ont reprise.

Faire de l'électricité avec le vent.

Bonne idée, le vent est gratuit, pas les moulins !

Le vent est capricieux.

Résultat, l'énergie fournie avec ce procédé ne représente que 3 % de nos besoins.

Ils n'ont rien compris.

Le vent est capricieux.

La mer est immuable.

Marée montante, marée descendante.

Depuis des siècles !

Sont-ils débiles ?

Le flux, le reflux qui alimenteraient des turbines.

Peut fournir gratuitement de l'énergie électrique.

De quoi alimenter la France entière, gratuitement, en énergie électrique.

Pauvre de nous, qui arrivera à leur faire comprendre.

Qu'en pensez-vous ?

Motard en colère !

Je suis un vieux motard, prudent puisque toujours là.

Une récente proposition de loi nous oblige à : soit changer de blouson, soit enfiler un gilet fluorescent par-dessus.

Ce scribouillard qui a eu cette idée a-t-il roulé à moto avec ce genre de gilet ? Il flotte, faseille, gigote dans tous les sens !

En 1950, je roulais sans casque, on m'a obligé de mettre un « bol » puis un casque de cosmonaute et aujourd'hui des gilets !

Pourquoi pas une armure ?

Les petits génies de l'administration (avec un grand A) inventent des règles sans connaître la situation des utilisateurs.

Ils partent le matin de chez eux, ils utilisent le transport en commun et arrivent au bureau avec leur petit cartable avec leur sandwich dedans.

Messieurs, il y a les motards des villes, les motards de province et ceux qui pratiquent le sport.

Il y a donc trois utilisations différentes et des risques différents.

Leur nouvelle lubie, obliger les possesseurs de deux roues à procéder à un contrôle technique une fois par an ; les motards procèdent chaque matin, avant de monter sur leur machine à un contrôle technique. Il n'y a pas plus prudent qu'un motard, il entretient sa machine, il en va de sa vie.

LAISSEZ-NOUS VIVRE.

Les voitures électriques

Voilà une idée qui est bonne !

Nous allons enfin pouvoir baisser « l'empreinte carbone » qu'engendre notre civilisation.

Les transports, tous moyens confondus, représentent 25 % des émissions de CO2.

La route en représente 75 %, voiture + camions.

Les avions et le transport maritime représentent le reste, soit le quart.

Je ne ferai pas le procès de ce changement, d'autres le font mieux que moi.

Je dirai simplement que le bénéfice est illusoire pour le moment.

Les minerais pour produire les batteries sont, comme les énergies fossiles, en quantités limitées.

L'utilisation de ces véhicules est mal adaptée aux longs trajets et, imaginez-vous, immobiliser l'hiver sur une autoroute à cause de la neige.

Vous n'allez pas tarder à crever de froid.

Je sais… Jamais content !

Les écolos rêvent de la disparition des véhicules marchant aux carburants fossiles.

Dans le monde il y a des milliards de véhicules, neufs ou anciens qui roulent diesel ou essence pensez-vous les remplacer rapidement ?

Imaginez un couple de retraités qui vient d'acheter une petite voiture essence pour leur retraite, ils ont déménagé en province pour plus de confort et d'aise. Avec votre vignette Crit'air, vous pensez leur interdire de venir faire leurs courses en ville ?

Vous êtes des emmerdeurs.

À force de mettre des interdits partout, réfléchissez messieurs et Dames Politiques, les Français qui ont les moyens, l'intelligence, choisiront un autre pays où vivre mieux est possible.

Vous resterez seuls, avec les peuples émigrés que vous aurez fait venir, vous n'aurez plus de richesses, que des dettes.

Là encore, le Réboussier se réveille

En fin d'été, en août, arrive la saison des orages.

Cette année, ils sont particulièrement violents.

Les épisodes cévenols se succèdent.

La même semaine nous en avons subi deux !

Bilan, privation d'Internet, trois téléviseurs foudroyés, la sono HS et l'alarme endommagée.

Réponse de l'assureur : vos appareils ont plus de dix ans, l'assurance ne prend rien en charge !

Pourquoi acheter de la qualité ?

Achetons de la M… changeons de matériel tous les deux ans, ils seront pris en charge.

À quoi sert d'être assuré ?

Le même mois, mon épouse qui a circulé à vélo durant l'été, décide de faire prendre l'air à sa petite auto !

Elle remarque divers dysfonctionnements, une odeur de brûlé, elle se rend chez son concessionnaire.

Il soulève le capot moteur et découvre qu'une colonie de souris s'est installée et a copieusement grignoté les fils électriques.

Réponse de l'assureur qui brandit les conditions générales (vous savez les petites lignes que personne ne lit), La compagnie n'assure pas la destruction des circuits électriques occasionnée par des rongeurs !!!!

Les bras m'en tombent.

Les nutri codes

Mariette fait ses courses aux marchés provençaux.

Lorsqu'elle achète des tomates, des poireaux ou des pommes, elle les choisit, les met dans son panier, elle fait confiance à son marchand.

Lorsqu'elle va chez la crémière, elle achète ses yaourts sans regarder la date et elle choisit son fromage suivant sa saveur.

Elle rentre chez elle, allume son poste de télévision, une information tombe.

« Le ministère de la Consommation met en place les nutri codes. »

Quèsaco ?

Des lettres A.B.C.D.E.F que des gens intelligents ont inventé pour vous permettre de manger sainement (sans sucre, sans gras, sans saveur).

Moi lorsque j'achète un produit, son goût est essentiel, sa teneur en sucre, en gras, m'importe peu, dit-elle.

Les rillettes sont des rillettes goûteuses, bien grasses !

Encore un truc inventé pour les gens des villes !

Leurs A.B.C.D.E., ils peuvent se les mettre…

Non, je ne râle pas, j'explique.

Les jeunes et…

Nous, vous, moi, nous râlons souvent contre la jeunesse actuelle.

Nous lui trouvons beaucoup de défauts.

Que pensaient de nous nos grands-parents ?

La même chose que nous vis-à-vis de la jeunesse d'aujourd'hui.

Évidemment, il y en a de bons et de moins bons. Ceux qui font des études ou qui travaillent et ceux qui dealent et cassent des voitures.

Dans le second cas, les parents ont une grande part de responsabilité.

Là où vous avez le droit de râler, c'est que ces gosses, pris et repris par la force publique, ne sont pas condamnés immédiatement à non pas des peines d'emprisonnement, mais à des travaux de remise en état des dégradations effectuées.

Râlez après la justice !

Si ces jeunes, comme nous à notre époque, étaient enrôlés dans des régiments militaires, ils apprendraient la discipline, le respect et le travail.

Avec le recul, je ne crois pas avoir perdu du temps pendant mon service militaire obligatoire.

Certains y trouvaient la possibilité d'apprendre un métier, autre que celui des armes, tel que menuisier, électricien, ou transporteur routier.

Beaucoup de jeunes en profitaient pour passer leur permis de conduire, voire le permis poids lourd.

La conscription, à notre époque, mettait en présence dans le même corps d'armée toutes les couches de population.

C'était essentiel pour solidifier les équipes.

Aujourd'hui, il y a un manque de civisme et de volonté d'unifier la nation.

Réclamons une période de formation civique !

Koh-Lanta

J'adore le dépassement de soi lors d'épreuves physiques difficiles.

Cette émission de télévision est un régal pour ceux qui rêvent de se dépasser.

Par contre, je râle lorsqu'un couillon, sous prétexte d'accomplir un exploit inutile, est la cause du déclenchement par « la sécurité civile », d'un plan de sauvetage qui mobilise des hélicoptères et des dizaines de personnes.

Il fait courir d'immenses risques à ses sauveteurs et se fout du prix que cela va coûter à la communauté.

Qu'en pensez-vous ?

En ce temps-là

Allez, je vous conte l'histoire d'un couple qui dans les années 50 décide d'acheter une machine à laver.

Sur un stand d'une foire locale (ça se faisait beaucoup à ce moment-là), ils écoutent le vendeur, et font leur choix.

Ils discutent du prix, de la couleur et du délai de livraison. (Eh oui, à cette époque on attendait que le produit arrive.)

Un mois d'attente, bien. Ils attendent.

À la date prévue, ne voyant rien venir, ils téléphonent au vendeur.

Un mois de retard, dû aux grèves et pour diverses raisons.

Ils reçurent enfin l'objet tellement désiré trois mois après leur commande.

Ils étaient heureux de posséder enfin.

C'eût été aujourd'hui, engueulades, avec le vendeur, demande de remboursement, et appel à un institut de consommateur.

C'était dans les années 50 !

Instituts de consommateurs.

(C'est bien amené, n'est-ce pas ?)

Vous connaissez, bien sûr.

Ces organismes mi-privés, mi-fonctionnarisés qui font de la communication.

Ces gens qui veulent nous apprendre à consommer, à bien choisir.

Je serais curieux de savoir comment ils sont rémunérés.

J'espère qu'ils ne prennent pas un pourcentage sur mes achats, là, je râlerai !

Qu'ils ne touchent aucune subvention d'état pour exister, sinon je gueule ! (Eh oui, je peux être un râleur gueulard.)

Tous ces donneurs de conseils me fatiguent, ils prennent du temps d'antenne à la télévision, pour rien. Au Fait qui paie ?

Situation ubuesque

— Ho ! Le scribouillard, m'interpelle Paul du Grau-du-Roi.

Tu te rends compte de l'ineptie, mon médecin m'envoie voir un spécialiste pour la peau, tu comprends, la mer, ça fatigue.

Mon médecin me prend 25 €, puis le spécialiste 50 € soit 75 €, remboursés 33 €.

Si je vais voir directement le spécialiste, il me prend toujours 50 € et je suis remboursé de la même somme.

Dans le premier cas, je coûte à la caisse 75 €.

Dans le second 50 €.

Pourquoi recommander ce parcours de santé qui coûte plus cher alors que l'on a du mal à avoir des rendez-vous chez le médecin ?

Ça allégerait son emploi du temps et ferait des économies.

Cette situation vous semble normale ?
C'est vous qui payez !
Alors, rouspétez.

Dieu est féminin !

Vous vous demandez, en lisant cela, qu'est-ce qui lui arrive ?

Il nous dit qu'il est sceptique quant à la naissance des religions et il vient nous parler de Dieu.

Oui, certains parlent de la fée Électricité. Comme il est prouvé que les fées n'existent pas, je me tourne vers la Déesse Électricité.

Que ferions-nous sans elle ?

Point de lumières dans nos villes le soir.

Point de chauffage.

Point de réfrigérateurs, de congélateurs, d'ascenseurs, de trains, de métros, de tramways.

Les villes seraient mortes, nos campagnes reviendraient à l'heure médiévale, tristes et froides.

Oui, nous lui devons beaucoup.

Nous l'adorons en conséquence, en lui payant chaque jour un lourd tribut.

(Kilowatts x centimes d'€.)

Oui, Mam'zelle Volts/Ampères, vous êtes notre confort, continuez à nous éclairer et à nous montrer notre chemin.

Menacez, vos « prêtres grévistes », de les châtier s'ils continuent d'emm… Le pauvre peuple qui, lui, paie plein tarif vos bienfaits.

Amen…

Les retraités !

Ils râlent tout le temps, ceux-là !

Le sucre augmente, le café aussi…

Moi, je me mets à leur place, pas difficile, j'ai déjà multiplié 20 ans plusieurs fois.

Je m'associe.

Nous, nous aimons les sucreries, les petits gâteaux.

À défaut du plaisir de la « Chère », nous apprécions le plaisir de la chair (à table).

Quarante années de travail méritent bien une certaine reconnaissance.

Malgré cela, les retraités sont considérés comme des nantis.

Des nantis il y en a, mais ils sont généralement partis vivre en Floride.

Nous qui sommes ici, vos aînés, nous avons construit votre confort, vous pourriez être reconnaissant.

Alors, soyez sympa, levez-vous dans le bus ou le train pour nous offrir votre siège.

Voyez, nous ne sommes pas exigeants, soyez reconnaissant.

Il n'y a pas de retraités sans pensions !

La discussion devient tendue dès que l'on parle des retraites.

Le montant des retraites doit être indexé sur le coût de la vie.

Ce montant doit être calculé en fonction d'une durée commune, égale pour tout le monde.

Un jeune qui commence à travailler à 20 ans devrait pouvoir prendre sa retraite à 60 ans.

Un ingénieur, un médecin, qui compte tenu de la durée de leurs études entre en activité vers 27 ans, prendront leur retraite à 67 ans.

La durée doit être la même pour chacun.

Comme il faut équilibrer les budgets, il convient de faire varier les cotisations.

Les banques profitant de l'expansion des entreprises devraient reverser une partie de leurs bénéfices aux caisses de retraite.

Là, le sujet étant chaud, je sens que je me fais des amis !!!

Nos Miss

Je me réjouis (voyez, je ne râle pas tout le temps),
Chaque année nous avons deux Miss !

(Normal, il y a deux comités)
Miss France et Miss National.
Je savais que nous avions la réputation, en France d'avoir les plus belles filles du monde.
Mais tout de même, 2 Miss !
Donc 2 Dauphines.
Personne ne parle des Dauphines, les électeurs qui ont voté pour elles, aimeraient savoir ce qu'elles deviennent.
Vive les Dauphines.

Un dernier coup de gueule avant de vous quitter

Là, je suis mort de rire !

Pénurie de glycol, ce matin dans les aéroports parisiens.

Je ris jaune en pensant au nombre de passagers qui ne pourront fêter Noël en famille.

Nous sommes dans cette situation à cause d'une cinquantaine de grévistes d'une usine de Fos-sur-Mer.

Il n'y a pas que les ouvriers en grève qui sont responsables de cette situation, la direction des aéroports est également fautive pour manque de stocks suffisants.

Notre Président à lui, décollé normalement pour Marrakech !

Question bête, il n'y a qu'une usine qui fabrique du glycol en France ?

Fin

1, 2, 3, 4 !!!

Eh, non !

Vous croyiez vous être débarrassé de moi.

Mon Éditeur m'a traité de fainéant, il m'a sommé de me remettre au travail.

Je suis de retour.

Certains m'ont fait remarquer que mes écrits étaient teintés politiquement.

Je m'insurge. *(Je ne râle pas encore.)*

Que veut dire d'être de droite ou de gauche ?

C'est vouloir appartenir à une famille, c'est avouer ses peurs d'être seul.

C'est « regroupons-nous pour être plus fort ».

Les gens de gauche ou de droite sont avant tout Français.

Les gens intelligents savent reconnaître les choses positives même si elles sont proposées par d'autres.

Pour ceux qui souhaitent savoir à quelle famille j'appartiens, je réponds : « À la France. »

Je suis un humaniste nationaliste.

La misère des autres m'impacte.

Occupons-nous de nos citoyens dans le besoin, devenons solidaires avant d'aider les autres.

Il fallait le dire.

Je change de sujet

J'ai interrompu la pratique du ski pour raison de santé.

La faculté que je salue respectueusement m'a remise sur pied.

Décidé à mordre dans la neige, je dis à la caissière des remontées mécaniques : Cette année je ski gratis !

Elle me regarde et me dit gentiment que je ne fais pas mon âge.

— Avez-vous votre carte d'identité ?

— Bien sûr, mademoiselle, dis-je avec le même sourire.

— Je regrette, monsieur, il va falloir attendre trois ans.

— Je ne comprends pas, il y a 2 ans, la gratuité était à 70 ans.

— Eh oui, je sais, elle est maintenant à 75 ans.

Vous en voyez beaucoup, des gens de 75 ans qui font du ski ?

Même s'il y en a, ils ne doivent pas user les pistes.

Je les vois et fais comme eux.

Je monte et prends mon temps pour redescendre, je m'arrête au bar en bordure de piste et bois un verre, je discute.

Ça fait cher, le verre.

— Je ne râle plus, je constate.

Un soir, je m'installe dans un restaurant de montagne. Je commande une fondue et une bouteille d'Aspermont.

Le repas est à la hauteur de mes espérances.

Lors de l'addition, un couple se lève et m'offre un spectacle qui me fait réfléchir.

Elle, petite, menue, accompagnée de deux enfants, quitte la table.

Lui enfile son anorak, laissant voir une bedaine débordante.

Comment un homme peut-il se laisser aller alors que sa femme fait son possible pour rester attrayante ?

Messieurs, vous ne pouvez infliger à vos compagnes de telles bedaines.

Vos maîtresses l'acceptent, elles sont payées pour !

Je vous avais prévenu, vous en prendriez pour votre grade !!!

Le cheval

Ne trouvez-vous pas majestueux ce couple que forment cet animal et son cavalier ?

L'intelligence et la machine.

Depuis des siècles, l'homme et le cheval ont fait leur chemin dans l'histoire.

Les princes et leur monture ont inspiré de nombreux artistes au centre des batailles.

Oublions le cavalier, admirons sa fière allure dans les prés, ses jeux amoureux, ses cavalcades.

Et fermons les boucheries chevalines.

L'euthanasie

Nous sommes un petit nombre, tout petit, à savoir ce que ressent le corps avant le trou noir.

Personne ne nous a interrogés sur ce moment où s'ouvre la porte de l'au-delà.

Il est difficile de statuer sur cette question, qui prendra, et dans quelles conditions, la décision d'interrompre la vie.

Le principal intéressé, le patient devrait avoir le droit d'écrire son choix alors qu'il est bien portant et en pleine possession de ses moyens.

Cela s'appelle « des directives anticipées ».

Le malade, qui sain d'esprit, le demande, ne devrait pas attendre trois mois une décision qui le soulagerait.

Je tiens à rassurer les inquiets, les angoissés, l'esprit s'endort.

Je suis resté 14 jours dans le coma, processus vital engagé.

Je n'ai souffert qu'au réveil, une souffrance morale, des rêves faits d'interrogations, de doutes et d'incompréhensions.

Je souhaiterais quitter ce monde sereinement, m'endormir et me retrouver de l'autre côté comme si j'avais pris le tram.

Je vous confierai le monde, à vous de le protéger.

Je ne râle plus, je crie pitié !

Pitié pour ceux qui souhaitent s'en aller dignement, sans souffrance.

Une histoire de roses

Il était une fois, une gentille petite brunette, fleuriste de son état qui tenait boutique, loin des quartiers chics, des centres commerciaux, au milieu d'immeubles tristes et gris.

Sa boutique était comme un rayon de soleil dans ce sombre univers.

La vitrine, remplie de toutes sortes de roses toutes plus belles les unes que les autres, faisait la joie des passants.

Les fleurs étaient, non seulement magnifiques, mais grâce à la magie de cette brunette, elles étaient sans épines.

Un jeune homme blond aux yeux turquoise, un après-midi, fixa son choix sur une variété très odorante.

Chaque semaine, durant de nombreux mois, le jeune homme acheta un bouquet de onze roses.

Un matin, il vint voir la jeune fleuriste et lui offrit un « immense bouquet » de fleurs séchées dont l'odeur était restée vivace.

Usant de son charme, il conquit la belle et ils convolèrent en justes noces.

Mais la brunette n'était pas comme ses roses, elle avait des épines.

Il était blond, les piqûres de roses sont dangereuses et difficiles à soigner, spécialement chez les blonds.

Il se piqua tant et tant qu'il en mourut.

Moralité, méfiez-vous des brunes.

Vous voyez, je ne roumègue pas tout le temps, je suis brun !

À propos de rouméguer, j'en ai connu un

Il est malheureusement décédé, je l'aimais bien.

Lorsque je l'ai rencontré, il était charpentier de marine.

Un sacré charpentier, en famille, il construisait des bateaux, des vrais.

Pas ces boîtes en plastique qui sont exposées une fois par an au salon nautique.

De fameux voiliers, en iroko, bien épais, c'étaient des bateaux solides.

Un après-midi de septembre, je passe devant son chantier situé de l'autre côté du canal, à Aigues-Mortes.

J'aperçois, au milieu des joncs, un Carole, un ketch de 12 mètres, avec une pancarte « À vendre ».

Je passe le pont, longe la berge opposée et me trouve devant la porte de son chantier, c'était un dimanche.

Je pousse la grille et me paie le culot d'aller voir le bateau.

— J'y vais, je n'y vais pas…

Je monte dessus et m'assieds dans le rouf.

Le coup de foudre !

Je traverse l'atlantique, je navigue aux Antilles…

Je suis resté plus d'une heure.

La nuit fut pleine de rêves, de voyages, d'escales fleuries.

Le lendemain matin, dès l'ouverture j'étais là, en tenue de motard, pas en costume cravate.

— Il paraît que vous avez un voilier à vendre.

Il me regarde de bas en haut, l'air soupçonneux.

— Oui, si vous avez les sous, dit-il.

La douche !

Ça, c'était un rouméguer.

Son fils, s'il lit ce chapitre, reconnaîtra l'ancêtre.

Salut Philippe.

Les « peintres » modernes

Ce que l'on appelle l'art moderne, la période 1900, j'adore.

Ce que l'on nomme l'art moderne d'aujourd'hui, j'avoue ne pas comprendre.

Certains tableaux qu'aurait pu faire un enfant de trois ans, et qui sont estimés à plusieurs milliers d'euros, je ne comprends pas.

De nombreux artistes amateurs réalisent des toiles magnifiques et je vous invite à aller visiter leurs expositions.

Si une toile vous plaît, il n'en coûtera bien souvent que le montant de la fourniture ajouté à une petite somme, estimée par l'artiste.

Le bonheur d'être reconnu se lira sur son visage.

Les écolos ***(Encore)***

Ne pas confondre écologie, qui est une science, et les écolos qui sont des extrémistes irresponsables.

Les écolos ont inventé le contexte des éoliennes dont nous avons parlé préalablement.

Vous savez ce que j'en pense.

Ils ont développé le principe du respect de la nature !

Nous ne devons plus ramasser les branches qui tombent dans les forêts, nous ne ramasserons plus les feuilles qui tombent dans les jardins publics et les allées.

Nous tondrons les pelouses au minimum et laisserons pousser les herbes folles sur le bord des chemins !

Bravo, c'est la fatigue, la flemme qui vous donnent ces idées ?

Avant, nous avions des cantonniers qui nettoyaient les caniveaux, ce qui évitait aux regards de se boucher.

Aujourd'hui, nous avons des inondations et savons, pourquoi !

Ne pas entretenir les forêts, nous avons vu ce que cela a donné dans les landes.

Messieurs, mesdames, mesdemoiselles, les écolos, vous êtes des irresponsables ignares !

Vieillissez et sortez de vos rêves.

Dans le midi on galèje,

On règle nos comptes avec des fables.

Idéologie

Je quitterai ce monde sans regret.

Je ne le reconnais plus, j'ai été élevé avec des valeurs qui ne sont plus celles d'aujourd'hui.

L'effort était reconnu et récompensé.

Cela commençait à l'école où tu recevais des bons points.

Plus tard dans la vie professionnelle, le contremaître te disait, « toute peine mérite salaire », en te tendant ta feuille de paye.

Lorsque tu voulais quelque chose, tu travaillais dur pour te le payer.

Aujourd'hui certains utilisent les failles de la société pour vivre aux crochets de ladite société.

C'est pour eux que les politiques désirent planifier une retraite minimum, alors qu'ils n'ont rien produit pour la nation. Pourquoi ?

À des fins électorales, uniquement.

Nous vivons dans une société socialo-communiste, où les valeurs du groupe priment sur les valeurs individuelles. L'effort n'est récompensé que collectivement, la retraite de chacun doit être la retraite de tout le monde, alors pourquoi s'étonner que l'effort individuel diminue au détriment du résultat collectif.

Pourquoi s'étonner que les plus entreprenants quittent ce pays pour s'épanouir ailleurs.

Les vieux jours sont tristes, si ce n'était le soleil du midi, je languirais de partir.

Fable contestataire envers nos élus locaux

Il était un royaume, une île
Où coexistaient deux entités
Les rats des champs d'un côté
Et leurs cousins, les rats de la ville.
Ces derniers habitants au long nez
Administraient et profitaient à poignées
De fleurs colorées
De belles pelouses bien taillées.
Les rats des champs, les bouseux
Vivaient dans leurs broussailles, tout heureux
Se nourrissant à l'encan
De restes, de poubelles de temps en temps.
Traversant le périph, une bande de rats des champs
Longues queues et pelages jaunes
Vinrent manifester et tinrent forum
Invectivant les bourgeois au maximum

Vous avez de belles pelouses,
Des plages, des restaurants
Vous mangez en suffisant
Nos souris en sont jalouses
Dans nos promenades en herbes hautes
Cohabitent mille tiques, chenilles et cannettes
Sans compter nombre de déchets, branches et branchettes
Dont personne ne se soucie, à qui la faute ?
De vivre et de briller à nos dépens
Le temps sera bientôt fini
Mon cousin, dirent-ils
Au Maître de céans.

À l'An que Ven.
Tourna le vent
Les cousins des champs vinrent aux affaires
Et prirent soin de leurs paires.
Il n'était point faute d'avoir été prévenu
Sauf celle de n'être point entendu.

Moralité : En ce royaume céleste, la lune et le soleil font les marées.
Après le flux… le refus.

CP (Arrière, arrière, arrière-petit-fils d'un cousin de JDLF).

N'est-ce pas mieux que de se mitrailler ?

Les Français en vacances !

Oui, je sais, vous vous attendez à ce que mon mauvais caractère ressorte.

N'ayez crainte, il fera surface le moment venu.

Aujourd'hui, je suis heureux, c'est le 1er juillet et ma ville au bord de mer s'anime.

Je vais jouer au touriste, au milieu de tous ces visages pâles.

Nous allons en famille déguster une fabuleuse pizza chez mon ami Fabio.

Bien installée en terrasse, face à la mer, la soirée s'annonce bien bercée par un brin d'air tiède.

Eh bien oui, je vais râler.

Une famille du style, lui, Marcel débraillé, elle, short jeans tailladés, s'installent avec deux niards braillards à la table à côté !

Ah, tout le restaurant sait qu'ils sont arrivés, vraisemblablement du Nord !

Oui, chez nous le Nord, c'est au-dessus d'Avignon !!!

Impossible de changer de table, Fabio est complet, de loin il me fait un signe compatissant.

La soirée est foutue, voilà pourquoi de toute la saison nous restons chez nous, dans le jardin, sous un mûrier platane.

Le pastis est meilleur au calme.

Circulation à vélo

Durant toute la saison, nous nous déplaçons à bicyclette.

Nous empruntons souvent les chemins de traverse et les petites rues, loin de la circulation.

Nous attachons nos montures aux candélabres, donc, pas de problème de stationnement.

Notre mode de vie est en ce domaine très écologique.

Après un long mois d'abstention, mon épouse lance le moteur de son véhicule adoré.

Une drôle d'odeur, de la fumée sort du capot !!!

Elle coupe le contact et ouvre le capot.

Une bande de mulots s'était installée, en vacances eux aussi, et avaient copieusement festoyé avec le faisceau électrique.

Là je râle, tu es écolo, tu respectes les bonnes pratiques pour ne pas ajouter un véhicule à la horde des envahisseurs et des souris, certainement venues du Nord, elles aussi, squatte ton carrosse !!!!

La plage

Il est normal, lorsqu'on vient en vacances à la mer d'emmener ses enfants à la plage.

Il y a « X » types de vacanciers.

- Il y a la mère de famille qui, munie d'un petit parasol, protège son petit, le met à l'ombre et le barbouille de crème. La mère idéale.

(Au fait pourquoi est-elle seule ? Son mari resté en ville, dans le Nord, travaille et les a envoyés au grand air. Le soir, il retrouve les copains, va en boîte, les vacances quoi.)

- Il y a une famille nombreuse, avec les parasols, les glacières, les enfants gueulards et les ados qui jouent au ballon au milieu des autres.

- Il y a les filles, bien foutues, à moitié dénudées, qui bronzent lascivement sur leurs serviettes de bain. On ne sait pas si elles s'exposent ou si elles draguent.

(Ça, j'aime bien, elles égaient le paysage.)

- Il y a les vieilles, grosses, avec des maillots de bain trop petits, qui jouent les plus jeunes pour faire croire.

(Ça, je passe, j'évite les monuments historiques.)

- Il y a les étudiants marchands de glaces ou de chichis, c'est plutôt sympathique quand tu ne fais pas la sieste au soleil, car pour se faire entendre… !

- Il y a les joueurs de balles de toutes sortes qui ne s'excusent pas lorsque leur joujou te tombe sur la tête et qui en plus t'aspergent de sable en venant le récupérer.

Et il y a tous les autres qui me donnent envie d'aller passer des vacances à la montagne !

À propos de la montagne.

Avez-vous remarqué que le lendemain de votre arrivée, comme par hasard, il pleut ?

À la montagne il pleut tout le temps sauf lorsqu'il ne pleut pas.

Si, il fait chaud, c'est étouffant et ça laisse prévoir un orage.

De toute façon, nous n'avons que de gros pulls, nous n'avions pas prévu le beau temps !!

Mais non, je constate !!!!

Ça, c'était l'été.

Et l'hiver… ?

Il fait froid, normal, mais pas assez, comme par hasard la neige est de la soupe.

Tu es venu pour faire du ski, et voilà, le matin de la glace, à midi la neige est molle et à 3 heures de la soupe.

Alors, tu fais du ski-Bar.

Comme un fait exprès, le soir tu veux aller manger une fondue au bistrot du coin et quand tu sors, le pas-de-porte est gelé !!

Je pose la question, à quelle heure peut-on trouver une neige praticable pour un skieur moyen ?

Oui, je reconnais, je suis un peu de mauvaise foi. Pourtant…

Et en cadeau, en sortant du restaurant, tes vêtements sentent le graillon et le fromage !

Madame dit : il faudra aérer nos vêtements sur le balcon. Tu les oublies toute la nuit, le lendemain ils sont tellement froids que tu ne peux les enfiler.

Bien, tu as réussi à t'équiper, ton pantalon fourré, ta doudoune, il reste à enfiler les chaussures.

Lorsque l'opération de serrage, laçage, est terminée, tu es tellement crevé que tu hésites à te lancer dans l'aventure.

Au télésiège il y a la queue, c'est normal.

Les gens sont tellement pressés que leurs spatules montent sur les skis des voisins. Un manque de savoir-vivre que l'on retrouve dans toutes les couches de la société, je suis là, j'y reste. Des Bidochons en vacances à la neige !!!

Enfin, en haut !

Que la nature est belle !

Tu regardes les sommets, les mélèzes, quelques nuages, enfin tu regardes la nature.

Et vlan, la grosse dame qui vient d'être éjectée du télésiège, te rentre dedans, elle a glissé.

Toi, par terre, tu hurles, ma cheville, ma cheville.

Secours en montagne, une belle blonde, moniteur de ski, t'installe dans une barquette rouge, te recouvre d'une couverture thermique et referme la fermeture éclair. Te voilà prisonnier dans un sarcophage glissant et sautillant.

Le terme est faible, il n'y a pas d'amortisseur à ce truc, chaque bosse est pour ton dos.

Arrivé en bas, on te transporte sur un brancard dans une ambulance, on ne t'offre même pas une boisson chaude.

Mais pour bien te signaler dans quelle situation tu es, la belle blonde te demande :

— Les skis sont de location ou à vous ?

Et voilà, tes vacances sont finies, la veille au soir tu as failli tomber sur une plaque de glace en sortant de chez toi, ce matin tu te fais agresser par une grosse !

Et tu ne râles pas ?

Lorsque j'ai dit à mes amis que je préparais un livre sur les râleurs, ils ont pouffé de rire, je ne comprends pas pourquoi.

Il est vrai que je n'aime pas me brûler le matin lorsque je réclame au bistrot un expresso, ça m'agace. Pourquoi le barman me sert toujours un truc brûlant ?

Quelquefois je réclame un glaçon et vois dans son regard un agacement.

Évidemment, le glaçon qu'il sort de la machine est si gros que le café a débordé dans la soucoupe !!!!

Qu'en pensez-vous ? Vous ne râleriez pas, vous ?

Si je demande un croissant, la tasse est si petite que je ne peux pas le tremper dedans.

Je réclame un autre café dans une tasse plus grande et demande qu'il y ajoute mon précédent café.

À son haussement d'épaules, je comprends dans quelle catégorie il me classe. Ça me coupe l'appétit, encore une matinée de gâchée.

Mais non… JNRP ! (Je Ne Râle Pas.)

Et vous ?

Aujourd'hui, c'est dimanche et le temps est ensoleillé.

Vous décidez d'emmener la famille à la campagne, vous sortez votre petite auto du garage et embarquez tout votre petit monde.

Belle-maman, madame et les deux enfants.

Le pique-nique a été vite organisé, c'est le départ.

Le défaut des grandes villes est que pour en sortir il faut utiliser des bretelles qui deviennent des autoroutes toujours encombrées.

Une heure pour sortir de la ville, vous vous en êtes bien tiré.

Sur le bord de la rivière, vous avez trouvé un endroit idéal pour le repas et la sieste à venir.

La sieste ? Vous ne la verrez jamais. Il faut surveiller les enfants qui se chamaillent le long des berges. Il faut se battre contre les mouches et les moustiques !

Enfin, Belle-Maman n'arrête pas de jacasser.

L'heure du retour est venue, tout le monde ramasse ses affaires et s'engouffre dans le véhicule familial.

Évidemment, la petite se met à pleurer, on a oublié Nounours, il faut faire demi-tour pour le chercher. Eh oui, le chercher, car elle ne sait plus où elle l'a laissé.

Enfin, mission accomplie, on repart.

Là, vous commencez à penser que, tout compte fait, cette idée de dimanche à la campagne n'était pas aussi bonne que prévue.

Les gosses se disputent à l'arrière, la Belle-mère rouspète, la tension monte.

Elle est à son comble lorsque vous vous retrouvez au milieu de l'embouteillage créé par tous ces connards qui ont eu la même idée que vous !

Vous en pensez quoi de cette idée,
Je pense comme vous.
Mais non… JNRP !

Les banques

Les plus Grands Voleurs de la planète.

Tu places ton salaire, tes économies sur un compte bancaire, les banquiers, ces voleurs travaillent avec ton argent, ne te donnent aucun rendement et pour justifier leurs salaires, ils te comptent des frais de gestion, des frais suivis, des frais de dossiers, etc.

Si tu oses leur demander un prêt, ils te regardent avec suspicion bien que tu sois leur client et difficilement ils ouvrent leur bourse. Mais à quel taux, à la limite de l'usure !

Depuis longtemps je me suis inscrit à une banque en ligne, pas de surprises.

Comme vous le remarquerez, je ne râle pas, d'autres le font très bien à ma place, les Instituts de Consommateurs leur mènent la vie dure. Bravo Messieurs.

Eh oui, j'aime la police !

On peut être gueulard et aimer l'ordre.

Je les admire, ils se font caillasser, vilipender, insulter lorsqu'ils vont secourir des pompiers ou des secouristes qui se font également caillasser.

Ce n'est plus un sacerdoce (je n'ai jamais vu un curé venir, sous les cailloux lancés contre lui, continuer à avancer. Sauf Don Camillo, mais là c'est un phénomène !)

Et si le Pape formait des brigades de Don Camillo pour foutre des tartes à tous ces voyous qui enflamment les banlieues ?

Ça aurait de la gueule, de voir des curés en soutane filer des pains dans les cités à tous ces gosses mal élevés !

C'est de la faute des parents si leurs gosses la nuit au lieu d'aller dormir vont brûler les voitures de leurs pères. Ils ne se sont pas impliqués dans l'éducation de leur progéniture, les pères, fornicateurs, ne pensant qu'à leur jouissance faisaient des enfants à des femmes incapables de les élever, car leurs hommes étaient pour la plupart de temps absent.

Écrivez au Pape et râlez !

Les policiers ont de multiples missions, dans certaines de ces missions, il faut associer les douaniers qui font également un excellent travail.

Des hommes remarquables qui viennent au secours d'autres hommes remarquables, les pompiers qui au péril de leur vie portent secours à la population.

Une partie de cette population les caillasse pour interrompre leur mission de secours, des inconscients, des ignares manipulés, des imbéciles.

J'ai vu, lors de ces interventions, jetées par-dessus des balcons, atterrirent des frigos et des objets lourds de toutes sortes. Ce sont des gestes criminels, impunis, car le pouvoir préfère ignorer, ne pas intervenir afin de ne pas créer des émeutes dans ces zones de non-droit.

Râlez, Pas de zones de non-droit en RÉPUBLIQUE !

Mes amis les Paysans, Agriculteurs, Éleveurs, je vous admire.

Mon enfance, dans les années 40, je l'ai passée parmi vous. Vous, vos enfants, vos familles, vous m'avez appris, le respect de la nature, le respect envers les animaux, merci.

Les fermes que j'ai connues n'étaient pas différentes de celles d'aujourd'hui. Peut-être un peu moins gigantesques, avec des machines moins sophistiquées.

L'habitat y était propre, clair et la maîtresse de maison était présente. Elle s'occupait, outre d'entretenir le foyer, de préparer le repas des journaliers, d'élever les poules et les canards.

La famille était solide, malgré des ressources financières légères, mais elle ne manquait de rien. Les enfants étaient élevés dans l'esprit de reprendre l'exploitation familiale et dans le respect des anciens qui, présents, radotaient devant la cheminée.

Par curiosité, je suis retourné dans le village de mon enfance où mes parents m'avaient confié à une Marraine pour me mettre à l'abri de la guerre.

J'y ai retrouvé Jacques, le fils du fermier avec qui je courais dans les champs.

Il était grand-père, comme moi et m'a confié son désarroi, son incompréhension de la situation des agriculteurs.

Ils ne sont plus considérés comme le grenier de la France, mais comme des râleurs, vivant aux crochets du pays et de l'Europe. On leur fait sentir qu'ils puent, qu'ils sont mal habillés, des moins que rien.

Aujourd'hui, le Français considère que celui qui nourrit le pays, c'est le supermarché du coin, alors que sans paysans la France crèverait de faim.

Le fils de mon ami Jacques à cru en l'élevage bovin, en la production de lait, une erreur, il a du mal à faire vivre sa famille, ne peut pas prendre de vacances, car occupé tous les jours par le bétail. Sa femme a été obligée d'aller travailler à l'usine pour faire bouillir la marmite.

Mon ami est triste de voir son fils se tuer à la tâche pour un salaire de misère et une vie de bagnard.

Mes amis, soutenez les paysans.

Un animal de compagnie

Savez-vous ce qu'est un chien ?

Un animal, bien sûr, mais surtout une boule d'affection.

Il adopte un maître, un ami en qui il a confiance.

C'est un coup de foudre entre le maître et son chien.

L'humain qui adopte un chien signe un contrat d'amour avec lui.

L'animal ne comprend pas lorsque l'homme pour diverses raisons l'abandonne sur le bord de la route.

Il est persuadé que son maître va revenir le chercher.

Là, je râle.

Cette boule d'affection est au désespoir, dans le meilleur des cas elle retrouve un maître, au pire, elle se retrouve à la SPA.

Placé avec d'autres à plusieurs par cages, souvent maltraité par des dominants, c'est l'enfer.

Je le sais, j'ai adopté un vieux Jack-Russel, il a mis 3 ans à se remettre de ce traumatisme.

Depuis notre rencontre il ne m'a jamais quitté, il me suit partout et dort dans ma chambre dans un confortable panier. La confiance est revenue, mais que d'hésitations, de retenue de sa part.

Réfléchissez bien avant d'offrir un chien à vos enfants, un animal n'est pas un jouet.

Je ne râle pas, je m'apitoie

Comme de nombreux Français et pères de famille, j'ai eu la chance d'avoir trois beaux enfants.

D'autres familles, moins chanceuses, ont donné naissance à des enfants avec des problèmes génétiques.

Je suis de tout cœur avec eux, un enfant est le produit de l'amour, bien qu'il soit différent, l'amour qu'on lui porte est le même.

Toute notre vie il faudra l'accompagner, l'aider à s'insérer dans une société indifférente, voire agressive.

Je plains ses parents qui savent qu'un jour ils abandonneront cet enfant, du fait de l'âge.

Imaginez, l'incompréhension de cet « enfant adulte », sa douleur.

La nature est injuste.

La science est injuste.

La médecine est injuste.

Trop de questions et pas de réponse.

Soyez indulgent.

Assis sur le siège des toilettes.

L'endroit, où isolé de tout. Je pense.

Là, je revois des épisodes de ma vie, mon enfance, ma jeunesse, ma vie d'homme.

Quelle somme de connaissances acquises !

Perdues en un instant, lorsque la faucheuse passe.

Comment faire profiter les générations futures de ces connaissances ?

Chacun devrait écrire un livre pour transmettre son savoir.

Le savoir-faire du charpentier, du couvreur, de tous les artisans, doit se transmettre.

Écrivez, publiez, transmettez.

Vous souvenez-vous, être détenteur d'une carte de Râleur ?

Eh bien, l'heure est venue de vous en servir.

Je vous propose de noter sur un papier, les raisons de râler que j'aurais oubliées.

(Mais si, il y en a sûrement !)

Je vous donne la parole, vous l'envoyez ce petit papier à mon éditeur, et ensemble nous écrirons une suite de cet ouvrage.

Vous recevrez une Carte de râleur avec un numéro qui sera unique que vous pourrez montrer le jour de l'impression de cette suite.

Lors de la sortie de cet ouvrage et d'une rencontre organisée à cette occasion, vous recevrez un exemplaire que je vous dédicacerai.

Alors, vous jouez le jeu ?

Un dernier coup de Gueule, mais un vrai !

Depuis plus d'une année, ce magnifique voilier, victime d'un dérapage dans un étang du **Grau du roi,** est abandonné de tous.

Où est son propriétaire, je ne sais pas.

Honte aux responsables de l'administration du port, des affaires maritimes, des élus de la municipalité.

Ils auraient pu le sauver, ils l'ont laissé couler, squatter et devenir une épave.

Je suis un amoureux des bateaux en bois, ça me fend le cœur.

Honte à vous !

J'avais une idée pour le sauver, créer une association avec des professionnels de l'entretien de bateaux, la région et des centres de formation professionnels.

Il m'a été répondu que le port était en rapport avec le propriétaire qui s'occupait de le renflouer.

Tout le monde a laissé pourrir la situation et le bateau.

L'indifférence !

Vieux Ronchon

En vieillissant, je déprime.

Enfant, je n'étais pas un fils de bourgeois, j'ai été élevé dans une famille de besogneux.

Mes parents ont travaillé dur pour arriver à un statut de Français moyen.

Nous n'habitions pas les « quartiers chics ». Enfant, je courais sur ce que l'on appelait à l'époque, les « fortifs de Paris » entre le Pré-Saint-Gervais et la Porte de Pantin.

Bien sûr nous faisions partie d'une bande, mais nous n'étions pas des voyous, des chapardeurs.

Nous respections les personnes âgées, nous nous adressions poliment aux agents de police et aux gardiens de square.

Ce qui ne nous empêchait pas de défendre notre territoire à coups de mailloches contre les bandes des quartiers voisins.

Lorsque je vois des reportages où, à Marseille, des jeunes armés de Kalachnikov s'entretuent, je ne reconnais plus ma France.

Fini, je rouméguerai toujours,
mais je le garderai pour moi.

Imprimé en Allemagne
Achevé d'imprimer en février 2024
Dépôt légal : février 2024

Pour

Le Lys Bleu Éditions
40, rue du Louvre
75001 Paris

www.ingramcontent.com/pod-product-compliance
Lightning Source LLC
Chambersburg PA
CBHW062347010826
49168CB00024B/291

* 9 7 9 1 0 4 2 2 1 6 7 3 3 *